Tucholsky   Wagner   Zola   Scott   Schlegel
Turgenev   Wallace   Fonatne Sydow   Freud

Twain   Walther von der Vogelweide   Fouqué   Friedrich II. von Preußen
              Weber   Freiligrath
Fechner   Fichte Weiße Rose   von Fallersleben   Kant   Ernst   Frey
                                                          Richthofen   Frommel
            Engels   Fielding   Hölderlin
Fehrs   Faber   Flaubert   Eichendorff   Tacitus   Dumas
         Maximilian I. von Habsburg   Fock   Eliasberg   Ebner Eschenbach
Feuerbach   Ewald   Eliot   Zweig
        Goethe   Elisabeth von Österreich   London   Vergil
Mendelssohn   Balzac   Shakespeare   Dostojewski   Ganghofer
         Trackl   Stevenson   Lichtenberg   Rathenau   Doyle   Gjellerup
Mommsen   Thoma   Tolstoi   Lenz   Hambruch
Dach   Verne   von Arnim   Hägele   Hanrieder   Droste-Hülshoff
         Reuter   Rousseau   Hauff   Humboldt
Karrillon   Garschin   Rousseau   Hagen   Hauptmann   Gautier
      Damaschke   Defoe   Hebbel   Baudelaire
                     Descartes   Hegel   Kussmaul   Herder
Wolfram von Eschenbach   Dickens   Schopenhauer
            Darwin   Melville   Grimm Jerome   Rilke   George
Bronner   Bebel   Proust
      Campe   Horváth   Aristoteles   Federer
Bismarck   Vigny   Barlach   Voltaire   Herodot
              Gengenbach   Heine
Storm   Casanova   Tersteegen   Grillparzer   Georgy
         Chamberlain   Lessing   Langbein   Gilm
Brentano   Lafontaine   Gryphius
Strachwitz   Claudius   Schiller   Schilling   Kralik   Iffland   Sokrates
      Katharina II. von Rußland   Bellamy   Gerstäcker   Raabe   Gibbon   Tschechow
Löns   Hesse   Hoffmann   Gogol   Wilde   Gleim   Vulpius
  Luther   Heym   Hofmannsthal   Klee Hölty   Morgenstern
      Roth   Heyse Klopstock   Kleist   Goedicke
Luxemburg   Puschkin   Homer   Mörike
      La Roche   Horaz   Musil
Machiavelli   Kierkegaard   Kraft   Kraus
Navarra Aurel   Musset   Moltke
Nestroy Marie de France   Lamprecht Kind Kirchhoff Hugo
                  Laotse   Ipsen   Liebknecht
Nietzsche   Nansen   Ringelnatz
        Marx   Lassalle Gorki   Klett   Leibniz
von Ossietzky   May   Irving
Petalozzi   vom Stein   Lawrence
     Platon   Pückler   Michelangelo   Knigge   Kafka
Sachs   Poe   Liebermann   Kock
   de Sade Praetorius   Mistral   Zetkin   Korolenko

Der Verlag tredition aus Hamburg veröffentlicht in der Reihe **TREDITION CLASSICS** Werke aus mehr als zwei Jahrtausenden. Diese waren zu einem Großteil vergriffen oder nur noch antiquarisch erhältlich.

Symbolfigur für **TREDITION CLASSICS** ist Johannes Gutenberg (1400 — 1468), der Erfinder des Buchdrucks mit Metalllettern und der Druckerpresse.

Mit der Buchreihe **TREDITION CLASSICS** verfolgt tredition das Ziel, tausende Klassiker der Weltliteratur verschiedener Sprachen wieder als gedruckte Bücher aufzulegen – und das weltweit!

Die Buchreihe dient zur Bewahrung der Literatur und Förderung der Kultur. Sie trägt so dazu bei, dass viele tausend Werke nicht in Vergessenheit geraten.

Fabeln aus: Figuren zu meinem ABC-Buch oder über die Anfangsgründe meines Denkens

Johann Heinrich Pestalozzi

Impressum

Autor: Johann Heinrich Pestalozzi
Umschlagkonzept: toepferschumann, Berlin

Verlag: tredition GmbH, Hamburg
ISBN: 978-3-8472-3816-4
Printed in Germany

Ziel der TREDITION CLASSICS ist es, tausende deutsch- und
fremdsprachige Klassiker wieder in Buchform verfügbar zu
machen. Die Werke wurden eingescannt und digitalisiert. Dadurch
können etwaige Fehler nicht komplett ausgeschlossen werden.
Unsere Kooperationspartner und wir von tredition versuchen, die
Werke bestmöglich zu bearbeiten. Sollten Sie trotzdem einen Fehler
finden, bitten wir diesen zu entschuldigen. Die Rechtschreibung der
Originalausgabe wurde unverändert übernommen. Daher können
sich hinsichtlich der Schreibweise Widersprüche zu der heutigen
Rechtschreibung ergeben.

Text der Originalausgabe

Johann Heinrich Pestalozzi

Fabeln aus: Figuren zu meinem ABC-Buch

oder

über die Anfangsgründe meines Denkens

Gedanklich und stilistisch sind Pestalozzis Fabeln von sehr unterschiedlichem Wert. Die Analogien holt er meist aus der Natur. Neben Tierfabeln sind Pflanzen, Stein und Wasserfabeln zahlreich vertreten. Thematisch kreisen sie um den Gegensatz zwischen alter und neuer Zeit, um das Verhältnis von Naturzustand und gesellschaftlichem Zustand, um das eigene Selbst, um Gerechtigkeit, Wahrheit, politische Ordnung, Freiheit und Unterdrückung.

Ab 1818 hatte Pestalozzi Gelegenheit zur eigenen Veröffentlichung seiner sämtlichen Werke bei Cotta in Stuttgart und Tübingen. 1823 erschienen im 20. Band seine Fabeln in veränderter Auflage. Die Ausgabe von 1797 wurde um nur wenige Exemplare bereichert. Die wesentliche Änderung bestand indessen darin, daß er die meisten Fabeln in einem oft recht umfangreichen Zusatz selbst auslegte. Das entsprach nicht nur seinem pädagogischen Anliegen, er konnte auch gewisse Aussagen, die ihm jetzt als zu einseitig oder radikal erschienen, durch seinen Kommentar zurechtrücken oder abschwächen. Die Zusätze bilden indessen für den Leser einen sehr willkommenen Wegweiser, da das Auffinden der gemeinten Analogie nicht immer leicht ist.

Die folgenden Fabeln sind Pestalozzis Veröffentlichungen »Figuren zu meinem ABC-Buch oder über die Anfangsgründe meines Denkens« aus dem Jahr 1797 entnommen, die Zusätze der Cotta-Ausgabe von 1823.

Der unbekannte Ausweg

Wir sind doch unglücklich, daß aus unserem Tale kein Ausweg stattfindet – also jammerten Schafe und Kühe in einer eingeschlossenen Bergweide. Ein Reh, das ihre Klagen hörte, sagte zu ihnen: Es hat freilich Auswege aus eurer Weide, aber Hirt und Metzger werden sie euch nicht zeigen, und um sie selber zu finden, muß man weder Kuh noch Schaf sein. Der Eigentümer des Berges, der die Äußerung des Rehs an seine Kühe und Schafe hörte, sagte darüber: Dieses Reh scheint eine bestimmte Neigung zu haben, eine böse Aufklärung unter mein Vieh zu bringen; meine Kühe und Schafe haben gar kein Recht, einen anderen Ausweg aus ihrer Weide zu suchen, als denjenigen, durch den sie meine Knechte in meinen Stall, oder in meine Metzge zu führen gewohnt sind und Befehl haben.

Der alte Bär auf der Tanne

Nun, wann willst du uns einst ins Honigland führen? sagte eine Schar junger Bären zu einem alten.

Dieser erwiderte: Das will ich gleich tun, aber vorher sollt ihr noch sehen und erkennen, was ich für ein Bär bin. Seht diese Tanne; so weit sie geschunden ist, haben sie vorher schon andere Bären erklommen, ich aber will ihren obersten Gipfel erklimmen.

Also sprach er und kletterte die hohe Tanne hinan. So weit sie geschunden war, ging es wie nichts, aber da er höher kam, schwankte der Baum mit jedem Schritte mehr auf beide Seiten.

Doch, er strengte sich an und klammerte die wunden Tatzen in den schwankenden Baum. So ging es langsam, doch eine Weile immer höher hinan. Aber jetzt wehte der Sturm; der Bär bohrt seine blutenden Klauen mit äusserster Kraft in den schwankenden Baum. Also überlebt er den Sturm; aber seine Kraft ist dahin; er kann die eingebohrten Klauen nicht mehr aus dem erklimmten Holz herausbringen; er fühlt, daß sein Leben dahin ist und ruft von seiner Höhe hinab den jammernden Jungen: Meine grosse Tat ist mein Tod; ich führe euch nicht ins Honigland, aber das seht ihr und das könnt ihr zeugen, daß ich auf dieser Tanne als der allerhöchste Bär v... bin.

*

Ich hätte nicht geglaubt, daß alte Bären solche grossen menschlichen Schwachheiten haben könnten; aber ein wildes, ohne Unglück überstandenes Kraft- und Gewaltleben führt, scheint es, auch alte Bären in ihren letzten Tagen zu Narrheiten, die denen gleich sind, deren sich oft alte Menschen schuldig machen, welche durch ihr Leben mehr scheinen wollten, als sie wirklich waren.

Der Berg und die Ebene

Der Berg sagte zur Ebene: ich bin höher als du. Kann sein, erwiderte die Ebene; aber ich bin alles, und du bist nur eine Ausnahme von mir.

*

Der Teil wäre immer so gerne mehr als das Ganze; das Zufällige erhebt sich so gerne über das Wesentliche; alles Gemeine spricht so gerne die Eigentümlichkeit des Vorzüglichen an; der Dachziegel selber scheint sich in seiner Höhe weit mehr zu fühlen als die Quaderstücke, auf denen die Mauern seines Hauses ruhen. Auch das Menschengeschlecht wirft allgemein auf die Ausnahmen der Dinge eine weit grössere Aufmerksamkeit als auf das, was diese Dinge in der Regel allgemein sind. Das geht so weit, daß man gewöhnlich in den Anstalten für Blinde und Taubstumme einen sehr grossen psychologischen Takt in ihren Unterrichtsweisen angewandt findet und allgemein als notwendig anerkennt, indessen man in gewohnten Volksschulen kaum daran denkt, daß für den Unterricht gemeiner Kinder, die alle fünf Sinne in der Ordnung haben, auch so ein psychologischer Takt in ihrer Unterrichtsweise notwendig wäre.

Die Brücke und der Weg

Die Brücke sagte zum Weg: was schönes an dir ist, bin ich. Kann sein, erwiderte der Weg, aber wenn du abgetragen oder weggeschwemmt wirst, bleibe ich, und warte ruhig bis man dich wieder macht. So sagte ein Mann, der in einer Hauptstadt Bürger war: im ganzen Reiche sieht man nicht so viel Schönes und Rares, als in der kleinsten Gasse unserer Stadt. Ihm antwortete ein Mann, der kein Spießbürger dieser Stadt war: aber wenn deine Stadt nicht mehr unsere Hauptstadt ist, so bleibt jeder Winkel im Lande doch wenigstens, was er vorher war, nur deine Stadt allein nicht.

Wieder die Eiche und das Gras

Gleich morgens sagte die Eiche zu ihrem Bodengras: du bist undankbar, daß du den Segen meiner Herbstblätter, die ich alle Jahre wie ein Winterkleid auf dich lege, nicht anerkennst. Aber das Gras antwortete ihr: du nimmst mir mit Stamm und Gipfel mein Recht an Sonne, Tau und Regen, und mit deinen Wurzeln meinen Anspruch an die Nahrung des Bodens, in welchem ich stehe; laß jetzt das genug sein, und plaudere mir nicht noch von dem Almosen des Winterkleides, das du um deiner Wurzeln willen, auf mein Elend zu legen, genötigt bist. So, so, die Eiche wollte noch Dankbarkeit von dem Grase, das unter ihrem Schatten zu serben gezwungen war. Diese Anmaßung ist fast so stark, als die Anmaßung des Dei von Algier, der von seinen Sklaven noch fordert, sie sollen bei dem Unrecht, das sie in der Sklaverei leiden, ihm dennoch für den Schutz danken, den sie dadurch genießen, daß sie die Luft seines Reiches einatmen und sich an der Sonne seines Reiches wärmen dürfen.

Ein Fuchs und ein Esel

Ich freue mich allemal, wenn ich einen unserer Feinde, Treiber und Mörder hierher bringen sehe und denke, es liegt wieder einer unserer Feinde bei der Menge derer, die schon tot sind – also sagte ein Esel auf einem Kirchhof zum Fuchs. Aber dieser antwortete ihm: ich hingegen erschrecke immer bei einem Leichenbegräbnis. Es kommt mir bei einem solchen immer kein Sinn an den einzelnen Menschen, den man ins Grab legt, ich denke nur an die Menge derer, die um dasselbe herumstehen.

*

Es ist doch gut, daß die Menschengefühle bei einem Begräbnis gewöhnlich weder Fuchs- noch Eselsgefühle sind.

Das Feuer und das Eisen

Das Feuer sagte zum Eisen: ich bin dein rechtmäßiger Herr. Das Eisen antwortete: ich kenne deine Gewalt über mich; aber ich achte sie nie weniger für rechtmäßig, als wenn du mich schmelzest. Diese Antwort mißfiel der hochfahrenden Flamme; sie kneisterte, rauchte und sprach: der mich schuf, gab mir meine Gewalt über dich. Das Eisen erwiderte: es sind indessen doch nur Menschenhände, die mich in die Esse und in den Tiegel legen. Ein Prachtgeländer von Eisen, das dieses Gespräch hörte, erwiderte: ich lobe mir das Feuer, das mich schmelzt, ich lobe mir die Zange, die mich in die Esse legt und die Menschenhand, die mich schmiedet, sonst wäre ich noch elendes Erz, deren es Berge voll hat, und auf das niemand achtet. So verschieden sind die Ansichten über den nämlichen Gegenstand, wenn sie von verschiedenen Standpunkten ins Aug' gefaßt werden.

Das Schuhmaß der Gleichheit

Ein Zwerg sagte zum Riesen: ich habe mit dir gleiches Recht. Der Riese erwiderte: Freund! das ist wahr; aber du kannst in meinen Schuhen nicht gehen.

*

Das sollte man dem Dorfvogt antworten, der eine Stadtpolizei auf seinem Dorf haben möchte, und dem Stadtbürgermeister, der eine Macht vor seinem Rathaus und vor dem Stadttor, auf Kosten der Stadt, in fürstlicher Parade aufziehen zu machen gelüstete.

Der gute Rat

Haltet nur eure Nester gut in der Ordnung, so seid ihr so glücklich, als es euer Geschlecht nur immer werden kann. Also sprachen einmal die großen Vögel zu der Schar der Kleinen. Diese antworteten ihnen: was ihr sagt, ist wahr; aber es ist für uns kein Nest in der Ordnung, zu dem ihr leicht kommen könnt; denn ihr eßt gerne Eier.

*

Große Vögel bekommen allenthalben leicht Zugang zu den Nestern der kleinen. War doch schon zu Davids Zeiten ein Mann, der nur ein einziges Schaf hatte, im Fall, daß ihm so ein großer Vogel dasselbe aus seinem Stall raubte und in den seinigen stellte. Er zog sich dabei freilich eine, in unseren Tagen altmodische Strafpredigt zu.

Das Hahnen-Geschrei

Meister Erdwust: »Warum kräht der Hahn allemal, ehe du aufstehst?«
Knecht Frohmut: »Damit ich noch einen Augenblick als ein Mensch denken könne, ehe ich als ein Vieh arbeiten muß.«

*

Dieser Meister Erdwust sagte auch einmal zu seinem Knecht, es sei mit dem Ruhetag, den man den Sonntag heiße, eine bloße Narrheit, wir haben ja in der Woche sieben Ruhenächte.

Das zerrissene Herz

Als ein Hahn ein Küchlein aufs Blut pikte, und die Mutter dem Hahn ohne Gegenwehr zusah, entfloh das verwundete Küchlein unter einen Holzstoß, und kam nicht mehr hervor; so sehr auch die Henne ihm lockend rief, blieb es doch unbewegt unter dem Holzstoß, und starb voll gleichen Entsetzens über das Picken des Vaters und über das Zusehen der Mutter.

*

Wenn Teilnahme und Hilfe mangeln, wo Natur und Pflicht Hilfe gebieten, dann ergreift Entsetzen das verwahrloste Herz. Das ist bei einem Kinde wahr, dem die Eltern in diesem Grade mangeln. Es kann aber auch bei ganzen Menschenhaufen wahr werden; es kann das Herz eines Volkes ergreifen, das von denen, die es zu versorgen Pflicht und Eid auf sich haben, so auf eine herzzerreißende Weise verwahrlost, hintangesetzt und gedrückt wird.

Hirschenhorn

Ein Mensch, der noch wenig Tiere gesehen hatte, kam plötzlich in einen Tiergarten, und staunte über die Pracht der zahmen und wilden Geschöpfe; aber das Horn des Hirsches ging ihm über alles. Er sagte zum Wärter: Die Natur hat dieses Tier gewiss zum König der Tiere bestimmt. Warum meinst du das? fragte ihn der Wärter. Der Neuling im Tierreich antwortete: Sein mächtiges Horn zeugt von unermesslicher Kraft. - O nein, erwiderte der Wärter, es ist nur ein schwülstiger Auswuchs seiner mittelmässigen Kraft.

Neuling: Ich hielt es für eine Naturkrone, die alle Tiere als das über sein Haupt emporstrebende Zeichen seiner allgemeinen inneren Kraft anerkennen und respektieren müssen.

Der Wärter erwiderte, die Kraft der Hirsche liege wesentlich in ihren Beinen und diese brauchen sie vorzüglich zum Fliehen, wenn sie auch nur einen kleinen Hund bellen hören.

*

Ein alter Soldat, der diese Erzählung über das Hirschenhorn und die Hirschenkraft hörte, sagte darüber: Ich kenne ein Leibregiment, das auf der Parade sich auch in seiner Kleidung, aber auch in der Schlacht im Fliehen auszeichnete, wie der Hirsch mit seinem Horn und mit seinen Beinen.

Der Hunde Bescheidenheit

Als einst der Löwe dem Hund das Zeugnis gab: ich habe ihn immer bescheiden gefunden, antwortete ein armer Esel: er mag wohl bescheiden sein, aber er ist es gewiß nicht gegen einen armen Esel. Als ich dem Schneider Mixli sagte: Junker Großaug sei ein guter Herr – antwortete er mir ebenso: er mag wohl ein guter Herr sein, aber gewiß nicht gegen einen armen Schneider. Es ist ein eigenes Ding mit diesem Zeugnis der Bescheidenheit, das sich ein Hund von einem Löwen geben läßt. Ich denke kaum, daß irgendein Tier mit einer guten Nase einem solchen Zeugnis einen großen Glauben beimessen werde. Einmal unter den Menschen würde man allgemein einem solchen Bescheidenheits-Zeugnis eher glauben, wenn es von einem Schwachen und Armen einem Reichen und Starken, als wenn es von einem Reichen und Starken einem Schwachen und Armen gegeben würde.

Der Hunde Bescheidenheit

Ich tue doch vieles, um euch glücklich und eures Lebens froh zu machen. Also sagte Junker Fritz zu seinen Bauern in Kohlhofen. Es ist wahr, es ist wahr, ihr seid ein gütiger Junker: Es geht allemal lustig, wenn ihr um den Weg seid, und wir haben euch vieles zu danken. Also antworteten die Bauern in Kohlhofen fast aus einem Munde.

Nur einer schwieg bei ihrem Danken und sagte: Gnädiger Herr! darf ich euch etwas fragen? Warum das nicht, antwortete Fritz. Darauf sagte der Bauer: Ich habe zwei Äkker, der eine ist stark gemistet, aber schlecht gefahren und voller Unkraut; der andere aber ist weniger gemistet, aber wohl gefahren und rein von Unkraut. Welcher von beiden glauben jetzt Euer Gnaden wird mir mehr abtragen? Natürlich der letzte, sagte der Junker, du hast diesem, so viel als du konntest, sein ganzes Recht widerfahren lassen, den anderen aber nur gemistet.

Lieber Junker! erwiderte der Bauer, auch wir gedeihen besser, wenn Sie uns unser Recht widerfahren lassen, als wenn Sie uns mit Guttaten - übermisten.

*

Das Bild dieser zwei so ungleich besorgten Äcker führt weit. So wie der Acker, dem sein ganzes Recht widerfahren ist, gleichsam von selbst gute und reiche Früchte trägt, und hinwieder, so wie der andere, der nur übermistet ist, unmöglich viel abtragen kann, weil ihn eingewurzeltes Unkraut und die Härte der Erde daran hindert, so kommt auch der Mensch, der im ganzen Umfang seines Rechts wohl besorgt und gesichert ist, leicht dahin, sich selber wohl versorgen und ebenso leicht Segen und Wohlstand um sich her verbreiten zu können. Aber der Mensch, der im Wesentlichen seiner Bedürfnisse verwahrlost und im Genuss billiger und lange genossener Rechte gestört, gefährdet und beunruhigt wird, kommt dadurch, daß man ihn zu Zeiten mit Wohltaten übermistet, d.h., daß man ihm zu Zeiten oder noch gar öfter lustige Tage und Sinnlichkeitsgeniessungen verschafft, die für seine Lage nicht passen, auf keine Weise dahin, weder sich selbst und die Seinigen wohl versorgen, noch weit weniger Wohlstand, Segen, Weisheit und Tugend um sich her verbreiten zu können.

Die Flamme und die Kerze

Ich schäme mich immer, wenn ich mich so nahe bei dir erblicke – also sagte die Flamme zur Kerze. Diese antwortete: ich glaubte bisher, du schämst dich, wenn ich vergehe, indem du dann allemal selber erlöschst. Törichter Schmutz! erwiderte die Flamme: ich glänze freilich nur so lange ich dich fresse, aber ich schäme mich, daß man es sieht.

Ein Klub im Tierreich

Zwischen Himmel und Erde sind keine verfluchteren Vögel, sprach König Rulph, der stärkste der Geier, da ihn eine Schar von Dohlen durch das ganze Krauchtal verfolgte.

Alle Geier fanden, wie Rulph, es wäre gut, wenn kein solcher Mittelstand wäre zwischen den Vögeln. Aber sie glaubten alle, seine Vertilgung sei unmöglich.

Nur der staatskluge Rulph, der unter seinem Gefieder eine Fuchsseele verbarg, erhob sich über den Kreis dessen, was gewöhnlich gefiederte Wesen für möglich finden können, und fasste den für eine Vogelseele bewundernswürdigen Gedanken, das ganze Geschlecht der frechen Dohlen und Krähen zu vertilgen.

Aber wie das machen? das sagte er freilich niemand. Nur einmal entrann ihm das Wort: »Was die Könige nicht vermögen, das müssen die Bettler vollbringen.« Doch schon an diesem Abend sah man den Erzvater der Kauze im Geheimsitz des Königs, und bald darauf predigte das Dienstgeschlecht der Kauze auf allen geweihten Ästen gegen alle Vereinigungen der Vögelgeschlechter, vorzüglich aber gegen diejenigen der Dohlen und Krähen, und hoben ein grosses Geschrei an, wie der hohe und erhabene Jupiter nicht mehr anders könne, als seiner Langmut endlich ein Ende zu machen und alle Vögel mit schrecklichem Ernst zu vertilgen, weil sie in ihrer Bosheit so weit gekommen, sich nicht mehr zu begnügen, wie dieses auch vorhin geschehen, einzeln und unter gehöriger Anführung zu sündigen, sondern sich jetzt auf eine unerhörte Weise zu ganzen Geschlechtern vereinigten, um die unnatürlichsten Taten mit eigener Gewalt auf die schrecklichste und strafbarste Weise zu vollbringen und durchzusetzen erfrechen.

Sie predigten mit grossem, sonderbarem Ernst, wie alle Arten von Vereinigungen unter den Vögeln zu gar nichts Gutem und Nützlichem führen, wie solche ganz einzig von dem höchsten Verderben des Vogelherzens und der darin lebenden, ewigen Gelüste nach allem, was dem geistlichen und weltlichen Vögelrecht entgegen sei, herrühre; und wie dergleichen sträfliche Vereinigungen den betrogenen Vögeln in ihrem Innersten das gute und edle Gefühl ihrer natürlichen Schwäche und Ohnmacht rauben und sie dagegen frech, übermütig und gewalttätig machen; wie besonders die Dohlen sich ohne Scheu und Scham täglich mehr an der Hoheit der mächtigsten Vögel vergreifen und auch den friedlichen Geschlechtern der Vögel zum Trotz, was diese in ihren unschuldigen Seelen verabscheuen, vollbringen und täglich auf die mächtigsten Geier und Weihen eine Lustjagd nach der anderen anstellen. Sie predigten ferner, wie die schändlichen Dohlen auch den Brotrechten der gemeinen, schwächeren und kleineren Vögel auf die sträflichste Weise zu nahe treten, indem sie auf allen Misthaufen und auf allen neu gedüngten Äcker alle eingemachten Früchte, die beste Nahrung der Vögel, ihnen also in Haufen vereinigt vor dem Schnabel wegschnappen, endlich bezeugten sie noch, die Dohlen seien von den Göttern verflucht und von jeher mit der Farbe des Unglücks bezeichnet gewesen, und schlossen dann von ihren geweihten Ästen herab, dahin, man könnte weder Tugend noch Recht unter seinen Fittichen tragen, wenn man es auf irgendeine Art mit der Dohlen-Partei halten wollte.

Die dummen Vogelhorden glaubten und hoben ein grosses Geschrei an: Sie wollten alle Dohlen vertilgen.

Viele Tauben wurden auch gegen die armen Dohlen aufgebracht, daß sie auf die höchsten Gebirge hinflogen, ihnen ihre Eier, die sie in den Klippen und Felsritzen verborgen, aufzupicken und zu verderben. Aber so wie die guten Vögel die Dohlen vertilgten, so gediehen die Geier, und endlich merkten die dummen Vögel doch an ihren leeren Nestern, daß sie übel getan hatten, den Mittelstand vertilgen zu wollen, den die Natur ihnen zum Schutz gegen die Geier erschaffen hatte.

Seit dieser Zeit aber herrscht auch ein ewiger Hass zwischen den friedlichen Vögeln und dem Kauzengeschlecht, das sie also verführt, zugunsten ihrer Tyrannen ihre frommen und friedlichen Schutzherren vertilgen zu wollen.

*

Ich muss über die Darstellung dieses Traumes aus dem Tierreich sagen: Sie ist vor mehr als dreissig Jahren geschrieben worden und veranlasst mich jetzt, folgendes beizufügen: Die Erhaltung und das

Wohlbefinden der grösseren Anzahl der Tiergeschlechter hängt vielseitig von der ihnen innewohnenden und mit grossem Reiz belebten Kraft, sich untereinander zu beschädigen, zu bekriegen und zu vertilgen, ab. Offenbar aber liegt diesem wesentlichen Fundamente der tierischen Selbsterhaltung ein entschiedener, der tierischen Natur innewohnender Mangel an Menschlichkeit, der dann seiner Natur nach auch einen ebenso mit vielen Sinnlichkeitsreizen unterstützten Hang zur Unmenschlichkeit sowohl vorausgesetzt als zur Folge hat, zum Grunde.

Bei dem Menschengeschlecht ist dieses geradezu umgekehrt: Seine Selbsterhaltung und der ganze Umfang der Beförderungs- und Sicherungsmittel seines Wohlstandes hängt unbedingt und wesentlich von dem seiner Natur innewohnenden Sinn der Menschlichkeit und von der Unterdrückung der in unserem Fleisch und Blut eben wie im Fleisch und Blut der Tiere liegenden sinnlichen Reize zur Unmenschlichkeit, das ist, von der Unterdrückung der tierischen Neigung einander zu beschädigen, zu bekriegen und zu vertilgen, ab. So wie die Tiere durch die Befriedigung ihres Unmenschlichkeitstriebs sich erhalten, sicherstellen und befriedigen, so richtet der Mensch durch die Befriedigung dieses tierischen Unmenschlichkeitstriebes sich selbst zugrunde.

Was immer der Mensch von sinnlicher Selbstsucht und tierischer Gewalttätigkeit getrieben, zum Nachteil, zur Minderung des Wohlstands seines Nebenmenschen, zu dessen Schwächung, Erniedrigung und Vertilgung tut, schwächt und entwürdigt er sich selbst und mit ihm den guten Zustand aller seiner Umgebungen, das ist, seines Geschlechts in dem ganzen Umfang, in dem er auf daßelbe eingewirkt und Einfluss hat, und von demselben berührt wird.

Diese Ansicht wird noch von einer anderen Seite ganz klar.

Der Mensch wird nicht, wie das Tier, zu dem, was er sein und werden soll, geboren, er wird, was er werden soll, nicht von sich selbst, er wird es nur durch die Erhebung seiner Natur zur Wahrheit und Liebe.

Diese Erhebung aber setzt wesentlich die Ausbildung des ganzen Umfangs der Kräfte voraus, durch die sich unsere Menschlichkeit ausspricht, das ist, durch die wir den innerlich belebten gereinigten und geheiligten Sinn derselben äusserlich in göttlichen Taten der

Liebe, der Selbstverleugnung und der Aufopferungskraft unserer selbst für Wahrheit, Recht und Menschensegen darzustellen vermögen.

Diese Ausbildung des Geschlechts sowohl in Rücksicht der inneren Reinheit als der äusseren Fertigkeiten, deren Vereinigung das wirkliche Leben mit Wahrheit und Liebe allein möglich macht, geht indessen durchaus nicht aus der Massenbildung unseres Geschlechts, es geht wesentlich aus der Individualbildung des einzelnen Menschen als solchen hervor.

Die Anmerkung dieser Wahrheit ist in Rücksicht auf die Bildung unseres Geschlechts und in Rücksicht auf die Ansicht und Beurteilung des ganzen Umfangs ihrer Mittel von der höchsten Wichtigkeit, und es ist notwendig, die Wahrheit dieses Grundsatzes in ihren psychologischen Ursachen und Folgen, in ihrem ganzen Umfang, in ihrer ganzen Tiefe und in aller Vielseitigkeit seiner Anwendungsmittel, Anwendungskräfte und Anwendungspflichten ins Auge zu fassen. Es ist klar, wie weit diese Ansicht hinführt. Ich beschränke mich aber hierin auf den einzigen Gesichtspunkt, zu dem mir die Darstellung des Tierklubs Veranlassung gibt.

Die Ausbildung der Gemeinkraft mehrerer vereinigter Menschen führt durch ihr Wesen vorzüglich überwiegend zu der Stärkung der Kräfte, die wir mit dem Tier gemein haben, und es ist unstreitig, daß die vorzügliche und einseitige Verstärkung der diesfälligen Kräfte die höheren Anlagen der Menschennatur schwächt und hingegen den entgegengesetzten niederen, tierischen Kräften überwiegende sinnliche Reize, Nahrung und Spielraum verschafft und dadurch die Fundamente, auf denen das eigentümliche und wesentliche Heil unseres Geschlechts ruht, untergräbt und in unserem Innersten auslöscht. Man kann durchaus nicht in Abrede sein, daß das lebhafte Gefühl der Gemeinkraft unseres Geschlechts, wie es sich durch die Zusammenstellung von vielen ausspricht, der Reinerhaltung des Selbstgefühls der menschlichen Schwäche im hohen Grade nachteilig ist und daß es dadurch die zur Ausbildung der Menschlichkeit so wesentlichen Eigenschaften der Demut, der Teilnahme, der Bescheidenheit, der Geduld und des Mitleidens gegen die Schwächeren und Hilfsbedürftigen im innersten Heiligtum unserer Natur, unter beinahe allgemein eintretenden Umständen, zu schwächen und zu untergraben geeignet ist.

So wie der Sinn der Menschlichkeit, der von Liebe und Vertrauen ausgeht, vom Gefühl der Schwäche des einzelstehenden Menschen unterstützt und in seiner ursprünglichen Natürlichkeit und Reinheit erhalten wird, so wird hingegen dieser reine, unschuldige Sinn der Menschlichkeit mit dem ganzen Umfang seiner Segensfolgen durch jede Art des Zusammenstehens der Menge untergraben, geschwächt und im Heiligtum seines inneren Wesens gestört.

Das Wahre, Heilige der Menschenbildung geht im Wesen aller seiner Mittel von der Einheit der Menschennatur aus und bewährt seine Wahrheit und Kraft ebenso wesentlich im ganzen Umfang seiner Resultate durch seinen Einfluss auf die Erhaltung, Stärkung und Belebung dieser Einheit. Sie, diese Basis der Harmonie unserer Kräfte, ist indessen für jeden Menschen die Sache seiner Individualität. Wo auch nur zwei beieinander stehen, da ist, so weit sie zusammenstehen, diese Einheit nicht mehr in ihrer individuellen Reinheit da, sie ist in Zweiheit hinübergegangen und steht in ihr also gebrochen und geteilt da; so wie mehrere zusammenstehen, geht sie in Dreiheit, Vierheit und endlich in Vielheit hinüber. Mit jeder Vermehrung der also verbundenen Menschen, mit jeder Ausdehnung ihrer Vielheit, vermehrt sich das Übergewicht der Bedürfnisse und Neigungen, die aus der Masse der Vielheit ihres Zusammenstehens hervorgehen und durch sie erzeugt und veranlasst werden, auf Gefahr und zum Nachteil dessen, was die Menschheit, als Individuum, zu solider Begründung ihres Wohlstandes allgemein und einzeln bedarf.

So weit ist es gewiss, daß das Heilige der menschlichen Individualveredlung und aller seiner Mittel durch die Folgen ihrer sinnlichen und physischen Vereinigung, durch den Einfluss, den die Massenbedürfnisse und die Massenneigungen vermöge der Menschennatur allgemein auf den ésprit du corps der Vereinigten unausweichlich haben und haben müssen, geschwächt und gefährdet wird, und zwar in jedem Fall in dem Grade, als das Gefühl der sinnlichen Massenbedürfnisse und der sinnlichen Massenneigungen und Massenkräfte noch in den Verhältnissen und Umständen der vereinigten Menschen durch grosse, sinnliche Reize und Mittel unterstützt, belebt und erhöht wird.

Aus allem diesem folgt offenbar, daß das tierische Rechtsgefühl der Dohlen, sich gegen den Feind ihres Lebens, ihrer Jungen und ihrer Eier, gegen den Geier, zu vereinigen und so vereinigt auf Tod und Leben Jagd auf ihn zu machen, kein Beispiel ist, aus welchem ein Recht des Menschengeschlechts, sich ebenso gewaltsam gegen irgendeinen Feind, den die Menschen zu besiegen nicht vermöchten, zu vereinigen, herleiten lässt.

Das Menschenrecht darf durchaus weder durch die rechtlose Gewalttätigkeit der Stärkeren gegen die Schwächeren noch durch die rechtlose Vereinigung der Schwächeren gegen die Gewalttätigkeit der Stärkeren gesucht, betrieben und erzielt werden.

Das reine, heilige, von Gott selbst in die Seele der Menschennatur gelegte Gefühl des wahren Menschenrechts schliesst die tierische Vereinigungslust der Schwächeren gegen die Stärkeren, das Dohlen und Krähenrecht gegen die Geier, beim Menschengeschlecht aber sowohl aus, als es auch kein gesetzloses Gewaltrecht des Stärkeren gegen den Schwächeren, kein Recht menschlicher Geier gegen menschliche Dohlen, als ein menschliches, will geschweigen als ein göttliches Recht anerkennt.

Aus der Wahrheit und Reinheit der Menschennatur und aus dem Bedürfnis seines wirklichen Wohlstands geht so wenig ein äusserliches Vereinigungsrecht des Schwächeren gegen den Stärkeren als ein Gewalttätigkeitsrecht des Stärkeren gegen den Schwächeren hervor; der Anspruch an beides ist in seinem Wesen ein Anspruch gegen die heiligsten Fundamente des öffentlichen und IndividualWohlstandes unseres Geschlechts.

Was immer der Mensch einzeln oder vereinigt, von sinnlicher Selbstsucht und tierischer Gewalttätigkeit getrieben, zum Nachteil, zur Minderung des Wohlstandes seines Nebenmenschen, zu seiner Schwächung, Erniedrigung und Vertilgung tut, dadurch untergräbt er die Fundamente seines eigenen Wohlstandes, seiner Selbständigkeit und seiner Veredlung.

Die Massen-Gewalt irgendeiner Art vereinigter Menschenhaufen, die nicht auf die vorhergehende und gesicherte Individualveredlung der Kräfte unserer Natur gebaut ist, ist in jedem Fall eine den Wohlstand und Segen unseres Geschlechts gefährdende Gewalt.

Ich fasse die erhabenste Vereinigung, die je auf Erden stattfand, die christliche Vereinigung, ins Auge. Selbst die Glieder dieser Vereinigung, selbst die Bekenner der göttlichen Lehre des Erlösers dürfen zur Beförderung ihrer heiligen Zwecke nicht auf die Gewaltskräfte ihrer menschlichen Vereinigung bauen. Sie dürfen den Erfolg ihres äusseren Einflusses zur Beförderung des Christentums nur von der Veredlung ihrer Individualkräfte in Wahrheit und Liebe erwarten. Das Christentum selber ist nur durch den Individualgebrauch aller seiner Segensmittel in seinem Wesen eine wahre, unsichtbare Kirche; sie ist auch nur durch die Unsichtbarkeit ihres heiligen, inneren Wesens, nur durch das Heiligtum des Segens ihres Individualeinflusses auf die Veredlung des Menschengeschlechts eine wahre, christliche Kirche, das ist, eine geistige, unsichtbare Vereinigung der wahren Nachfolger Christi.

Aber wo finde ich sie, diese unsichtbare, christliche Kirche? Sie ist nirgends und allenthalben, sie steht nirgends in Massen vereinigt, der Welt sichtbar vor Augen, aber sie steht in jedem einzelnen Individuum, das ein wahrer Christ ist, unsichtbar der Welt, ihre Umgebungen heiligend und segnend, wirklich da.

Als äusserliche Vereinigung von Menschen, als Gemeinkraft, als Volkskraft, als Resultat der äusseren Vereinigung von vielen ist sie nirgends; als Resultat der göttlichen Mittel, die die Menschennatur in ihren Individuen reinigt, heiligt und segnet, ist sie allenthalben; aber die Welt, als Welt, erkennt sie nicht; wo die Welt sie sucht, ist sie nicht da; sie ist in keiner Art von Verbindung da, die aus den Bedürfnissen der Massenvereinigung irgendeines Standes hervorgeht.

Fasse ich den Adelsstand, den Bürger-, den Bauern-, den Handwerks-, den Kaufmannsstand, fasse ich den Stand der verschiedenen Regierungs-Behörden, fasse ich den christlichen und sogar den Klosterstand ins Auge, so finde ich allenthalben zum Dienst ihrer in der äusseren Vereinigung der Stände und in den bestehenden Mitteln ihrer Organisation grosse und sehr belebte Reize zum Übergewicht ihrer Massenneigungen und ihrer MassenAnsprüche über die Ansprüche der individuellen Existenz ihrer Glieder und dadurch über das heilige, innere Fundament aller unser Geschlecht wahrhaft segnenden, äusseren menschlichen Verbindungen und Vereinigungen; ich finde in ihnen allenthalben den Keim des Widerspruchs gegen das reine Leben in Wahrheit und Liebe, dieser wesentlichen, göttlichen Eigenheit des wahren Christentums.

Jede gesellschaftliche Massenvereinigung, die auf irgendeine Art die sinnliche Neigung eines Standes zu fördern, zu befriedigen, zu erhöhen und zu sichern geeignet ist, ist insoweit durch ihre äussere menschliche Organisation dem hohen und reinen inneren Sinn des Christentums entgegen. Sie hat, wenn auch noch so versteckt, den bösen Sinn der tierischen Natur und mit ihm den Keim des Krieges aller gegen alle, den Keim der Neigung, den Sinnlichkeitsgeniessungen der Glieder seines Standes ohne reine menschliche selbstsuchtlose Rücksicht auf Wahrheit und Liebe ein Genüge zu leisten, in sich selbst, und führt in jeder Abteilung der Stände die Glieder derselben zu einem ésprit du corps, welcher sie bald das honorificum, bald das utile ihres Standes als oberstes Gesetz desselben und die Ansprüche ihrer Nebenmenschen aus anderen Ständen und anderen Verhältnissen als ihr untergeordnet anzusehen verleitet. Das ist so wahr, daß jeder armselige Handwerkspfuscher die Vorteile seines Handwerks und die Rechte seiner Zunftinnung zum Nachteil seiner ganzen Vaterstadt und seines lieben Wohnorts mit eben dem ésprit du corps behaupten wird, als der sich in Vereinigung aller, auch der höheren Stände in Rücksicht auf das utile und honorificum jedes Standes gleich laut, gleich lebendig und gleich selbstsüchtig ausspricht. Die Täuschung, in der die Welt über das Unrecht des Übergewichts der Massenansprüche vereinigter Menschen und Stände und des ésprit du corps ihrer Selbstsucht über das Heilige, Ewige und sich selbst immer Gleiche der reinen Ansprüche in der Individualität der Glieder aller menschlichen Vereinigungen lebt, ist unermesslich gross, und das Unterliegen des Menschengeschlechts unter dieselben soviel als allgemein; es hängt mit den Sinnlichkeitsgeniessungen und Sinnlichkeitsansprüchen in allen Ständen zusammen und wird durch die Verstärkung und Verhärtung dieser Ansprüche, die aus den Massenvereinigungen des gesellschaftlichen Zustandes entspringen, immer grösser und dem heiligen Übergewicht unserer geistigen und sittlichen Anlagen über die Ansprüche unserer Sinnlichkeit immer mehr allgemein nachteilig.

Je ausgedehnter jede menschliche Vereinigung ist, die zur Beförderung der Sinnlichkeitsneigungen und Sinnlichkeitsgeniessungen grosse Reize und Mittel in sich selbst trägt, desto mehr vermehrt sich auch die innere, geistige und sittliche Schwäche der Menschennatur, sowohl im einzelnen Mitglied der Vereinigung als in der Masse, in der sie vereinigt dasteht.

Der böse Sinn der Selbstsucht unserer Natur und sein mächtiger Einfluss auf die Abschwächung und das Verderben unserer edleren Anlagen steht schon selber in jedem Individuum unseres Geschlechts isoliert und an sich fest, und wenn er dann noch durch das sinnliche Interesse irgendeines Standes und seines ésprit du corps gereizt, belebt, gestärkt und vergiftet wird, so ist seine Wirkung auf das Verderben unseres Geschlechts doppelt gross und doppelt entschieden. So heiter ist es, daß die Massenvereinigung irgendeines Standes nur insoweit als dem Menschengeschlecht wohltätig und wahrhaft zum Segen gereichend angesehen werden kann, als die Glieder dieser Vereinigung das Leben in der Wahrheit und Liebe höher achten als den ganzen Umfang der Sinnlichkeitsgeniessungen, die ihnen ihre Standesverbindungen und Ansprüche gewähren können. Eben so heiter ist, daß die Massenvereinigung irgendeines Menschenhaufens ganz gewiss in dem Grade als dem Menschengeschlecht nachteilig und wesentlich zum Verderben gereichend angesehen werden muss, als die Glieder dieser Vereinigung die Sinnlichkeitsansprüche und die Sinnlichkeitsgeniessungen, die ihnen ihre Standesverbindung zu verschaffen, zu versichern und zu erhöhen geeignet sind, höher achten als das Leben in der Wahrheit und in der Liebe.

Es ist also offenbar, daß das Segnende alles Zusammenstehens der Menschenhaufen, das Segnende aller bürgerlichen Vereinigungen, das veredelte Dasein der Glieder dieser Vereinigung als ihr notwendig vorhergehend oder wenigstens beiwohnend voraussetzt und daß die Mittel, welche gegen jede Art des gesellschaftlichen Verderbens als real wirksam angesehen werden können, durch keine Art von sinnlich belebten Volksbewegungen und Volksvereinigungen ausgehen können. Ich habe mich vielleicht zu weitläufig über den Zusammenhang, den man in der Darstellung dieser Tier-klubs mit klubistischen Menschen und Volksvereinigungen finden könnte, aufgehalten; aber es war mir wichtig, daß meine Ansichten über diesen Gegenstand nicht missverstanden werden, und aus den gleichen Gründen muss ich auch darüber, daß das Krähenge-schlecht als ein Mittelstand zwischen den mörderischen Gewaltsvö-geln und zwischen den sanften Hühnergeschlechtern und Singvö-geln dargestellt wird, einige Bemerkungen hinwerfen.

Es hat unter den Tiergeschlechtern durchaus keinen eigentlichen Mittelstand; sie scheiden sich ihrer Natur nach in Tiere, die fressen, und in Tiere, die gefressen werden, davon die letzten schwächeren allgemein dennoch mit einigen Verteidigungskräften und einigen Ausweichungsmitteln, die anderen aber mit Angriffskräften und Überlistungsmitteln versehen sind. Zwischen beiden aber ist kein Mittelstand, der zur Beförderung des Wohlstandes, beides: der Schwächeren und der Stärkeren, geeignet wäre, auch nur denkbar.

Unter den Menschen hingegen ist ein Mittelstand zwischen den Mächtigen und Schwachen, zwischen den Grossen und Kleinen nicht nur denkbar, er ist ein wesentliches Bedürfnis des gesellschaft-lichen Zustandes, das vorzüglichste Mittel der Bildung, Erhaltung und Sicherung des allgemeinen Spielraumes und der allgemeinen Belebung der sittlichen, geistigen und Kunstkräfte, von denen alle wahren Segnungen des Menschengeschlechts und mit ihnen die wahren Quellen des öffentlichen, allgemeinen und des Privatwohl-standes unseres Geschlechts ausgehen; aber dieser Mittelstand kann und darf in keinem Lande in einem Personal gesucht werden, das, im Dienst der Macht stehend, das Übergewicht des Spielraums seiner Sinnlichkeitsgeniessungen und damit auch des Spielraums seiner Leidenschaften diesem Dienststand zu verdanken hat; er darf aber auch nicht in einem Personal gesucht werden, von dem man nur von Ferne vermuten könnte, daß es in seinen Umständen und Lagen Ursache und Neigung und in seinen Anlagen und Kräften Mittel suchen und finden möchte, (um) im Dienst des Volkes und im Einfluss auf die Meinungen, Ansprüche, Verbindungen und Bewegungen desselben Mittel und Wege zu einem ähnlichen Über-gewicht des Spielraums seiner Sinnlichkeitsgeniessungen und sei-ner Leidenschaften zu (finden).

Nein! der Mittelstand des Volkes darf weder in einem Personal gesucht werden, das in den schon erworbenen Mitteln der Sinnlichkeitsgeniessungen der Possidenti von Alters her bis zur Abschwächung seiner selbst und seiner wesentlichen Kräfte zu schwelgen gewohnt war, noch in einem, das in seiner Lage Reize finden und Mittel suchen möchte, (um) im Dienst des Volkes den nämlichen Spielraum, den die Possidenti in dem Dienststand der Macht schon von Alters her genossen haben, sich durch ihren Einfluss auf das Volk, seine Meinungen und Ansprüche zu verschaffen und dieselben dann hinwieder, eben wie die anderen, zur Abschwächung ihrer selbst, ihrer Kräfte und ihrer Mittel schwelgend zu missbrauchen. Nein! der Mittelstand des Volkes, dieser Mittelpunkt der schöpferischen Kraft aller wahren gesellschaftlichen Volkssegnungen muss in einem Personal gesucht und anerkannt werden, das sowohl von dem Kraftdienststand der Macht unabhängend als von dem Traumdienststand des Volkes ungeblendet durch die belebtesten Interessen seiner Realverhältnisse an die Einsichten, Kräfte, Fertigkeiten und Tugenden des Privatlebens und der häuslichen Selbständigkeit gleichsam angebunden und durch seinen Lebensgang diese Einsichten, Kräfte und Fertigkeiten durch Erfahrung und Benutzung sich einzuüben und habituell zu machen in seinem täglichen Leben Reize, Spielraum, Gelegenheit und Bildung findet und geniesst; er muss in einem Personal gesucht und anerkannt werden, das die inneren Fundamente des öffentlichen Wohlstandes, die Bildungsmittel der häuslichen Kräfte unseres Geschlechts und die Sicherheit der häuslichen Beruhigung durch eigene Erfahrung erkennen und mit auffallender Kraft benutzen gelernt hat; er muss durch Männer erzielt werden, die als persönlich redend dastehen, welche auffallend beweisen, durch was für Mittel die Kräfte des Landes, für deren Missbrauch und Zerstörung die sinnliche Selbstsucht des Menschengeschlechts, sobald sie einmal da sind und zur Benutzung vorliegen, allgemein reizt, wirklich erworben und gleichsam aus dem Nichts erschaffen werden können. Er, dieser Mittelstand, der als die schöpferische Kraft alles wahren Landessegens und aller guten Landeskräfte anzusehen ist, muss in einem Personal gesucht werden, das Kräfte und Mittel in sich selbst trägt, als diese schöpferische Segenskraft im Lande selber dazustehen, d.h. durch irgendeine Art tatsächlicher Erwerbskräfte und Erwerbstätigkeit auf das Wachstum des Landessegens und seiner Erquickungs und Beruhigungsmittel mit auffallendem Erfolg einzuwirken und nicht aus einem, das als fruges consumere nati dasteht, noch weniger aus einem, das sich sichtbar dahin drängt, eben dieses zu werden.

Die Lobrede des Maulbrauchens und der Frechheit vom Mephistopheles

Die Fürsten der Hölle beklagten sich einmal in ihrem gemeinen Rat, es gehe im Reich der Lügen und des Unrechts nicht, wie es sollte, vorwärts. Die Gewaltmittel, welche die Diener der Hölle wider ihre Erzfeinde - die Wahrheit, die Liebe und das Recht gebrauchen, verfehlen ganz ihre Zwecke. Die Zeugen der Wahrheit, die Helden der Liebe, die Opfer des Rechts leiden ihre Marter umsonst. Je mehr man die Feinde der Hölle verfolge, je mehr scheine sie Anhänger zu gewinnen.

Eine Weile stand die Hölle von dieser Antwort betroffen. Dann stand aber Mephistopheles auf und sagte zur versammelten Hölle: Es ist wahr, unsere Diener verstehen es nicht, unser Reich unter den Menschen zu fördern. Sie sollten den Erbfeind unseres Reiches, die Wahrheit und die Liebe, nicht nur mit Feuer und Schwert, sie sollten ihn weit mehr mit Maulbrauchen verfolgen. Sie müssen besser lernen, den Menschen mit leeren Worten Staub in die Augen zu werfen und die Sache des Unrechts, als wäre sie die Sache des Rechts, die Sache der Lügen, als wäre sie die Sache der Wahrheit, zu plädieren und demonstrieren, das Krumme gerade und das Gerade krumm zu machen und jedem Gegner das Wort der Wahrheit, fast ehe er es ausgesprochen, im Munde zu verdrehen; sie müssen lernen, die Äußerungen von Gutmütigkeit, Wohlwollen und Liebe als die Sache menschlicher Erbärmlichkeiten und Schwächen, mit denen man nur Mitleid haben müsse, in die Augen fallen zu machen. Nur auf diesem Wege geht es in der Welt, wie sie jetzt ist, für uns vorwärts, wie es soll; dazu aber braucht es wahre Teufelskräfte; Leute, die uns jetzt wahrhaft dienen können, dürfen durchaus nicht alle Menschenschwächen in sich selber vereinigt tragen, wie viele dieser Toren, die uns gerne dienen möchten, zu glauben scheinen. Wir müssen unter den Schwächlingen des Menschengeschlechts die Frechsten, die wir finden können, in unseren Dienst bringen. Frechheit im Maulbrauchen, mit Schlauheit im Stillschweigen und Geheimnismacherei verbunden, kann uns allein zu der Siegeskrone helfen, für die wir einst mit dem Himmelskönig selber Krieg führten und jetzt noch mit den Schwächlingen des Menschengeschlechts gegen die Brosamen von Liebe und Wahrheit, die von unserem feindseligen Himmel auf ihre arme Erde herabfallen, ein Neben- werk von Kleinkrieg zu führen genötigt sind. Die einzige Kraft un- serer Feinde auf Erden liegt in diesen Brosamen von Liebe und Wahrheit, die ihnen vom Himmel zugefallen; aber dieses Geschenk liegt in den Händen von grossen Schwächlingen, gegen die wir nichts anderes und nichts mehr als Frechheit im Maulbrauchen bedürfen. Wer frech ist, zudringlich und schlau, der arbeitet in un- serem Dienst. Welche Farbe, welche Meinung und welchen Glauben jeder unserer diesfälligen Diener und Handlanger auch habe, macht uns gar nichts; wenn er nur also teuflisch frech ist, so haben wir alles, was wir von ihm bedürfen. Wir können die Frechheit nicht genug loben. Lieblosigkeit, Rechtlosigkeit, Hartherzigkeit und ein eingewurzelter Lügengeist sind der Frechheit angeboren und von ihr unzertrennlich. Und das ist ja alles, was wir bedürfen, um unse- ren Kampf gegen das Himmelsgeschenk von Wahrheit und Liebe unter den Schwächlingen von Menschen siegend zum Ziel zu füh- ren.

Die ganze Hölle jubelte dem Mephistopheles Beifall entgegen, und der Fürst der Hölle sprach das Wort aus: So muss es sein, so muss es geschehen, unser Reich muss unter den Schwächlingen des Menschengeschlechts nicht durch Henkersgewalt, es muss mit Maulbrauchen und Frechheit geäufnet werden.

Die ganze Hölle horchte, und alle Teufel gehorchten.

Löwe und Reh

Der Löwe meinte, das Reh sollte in jedem Falle stillstehen, wenn er rufe.

Aber das Reh antwortete ihm: Der grosse Jupiter hat das meinem Herzen verboten, wie dir das Grasfressen.

*

Jupiter hatte sehr recht; sonst würde es gewiss dahin kommen, daß auch die Mäuse den Katzen still stehen müssten, wenn sie nur miauten.

Zwei Pferde und die Deichsel

Die Deichsel brach vom Wagen, und die Pferde sprangen wütend mit ihr über Stauden und Stöcke. Da sie aufgefangen wurden, sagte die Deichsel zu ihnen: ihr geht sonst so still neben mir euren Weg, warum wütet ihr jetzt also an meiner Seite? Die Pferde antworteten: so lange du selbst am Wagen angekettet als eine tote Stange in dir selbst unbeweglich in Ruhe zwischen uns lagst, so gingen wir freilich auch ruhig an deiner Seite unseren Weg, da du jetzt aber vom Wagen abgerissen selbst ungebunden, in wilden, bösen Sprüngen um unsere Beine herumtanzt, so macht uns das wütend.

*

Ebenso können Regierungsmaßregeln, die in willkürlichen Sprüngen den Geldsäckel, den Brotkorb, die Ehrliebe und das Rechts- und Sicherheitsbedürfnis eines Volkes verletzend angreifen, bei den Menschen die gleiche Wirkung hervorbringen, wie die vom Wagen abgerissene Deichsel, wenn sie in willkürlichen Sprüngen um die Füße der Pferde herumtanzt.

Der Raupenfänger

Sie flog vor ihm als Schmetterling einher. Er jagte ihr durch Feld und Flur nach; aber das Volk, das die Erde bebaute, klagte, er verderbe ihm mit seinem Tun sein Gras und sein Korn.

Sie kroch vor ihm auf dem wachsenden Kohlstock, auf dem blättervollen Baum und an der grünenden Hecke; er haschte sie wieder; - aber sie starb in seiner Hand und er warf sie als ein faulendes Aas weg.

Jetzt hing sie am sich entblätternden Baume und an den kahlen Wänden des Hauses er haschte sie noch einmal und wartet jetzt bis ihre tote Larve für ihn sicher zum Leben erwacht.

*

Wenn du die Wahrheit suchst, so jage ihr nicht nach, hasche nicht nach ihr, warte ihrer in Liebe, Ruhe und Geduld. Tust du dieses, sie kommt selbst zu dir; sie klopft an deiner Türe an und will Wohnung bei dir machen; besonders aber jag' ihr nicht nach, wenn sie vor dir in den Lüften schwebt und von dir weg fliegt. Jagst du ihr dann nach, so zertrittst du mit deinen Jagdsprüngen nach ihr Segenswahrheiten, die du schon im Besitz hast und die dir ohne alles Mass mehr wert sind als die, denen du nachjagst. Am allerwenigsten reisse die Wahrheit, wenn sie vor deinen Augen, zu deinen Füssen gedeiht, mit harter, frevelnder Gewalt von dem Platze weg, auf dem sie Nahrung findet, um sie, ohne Rücksicht auf ihre Nahrung, hinzutragen, wo es dich gelüstet. Tust du dieses, so wird sie in deiner Hand zum stinkenden Aas. Nur allein, wenn du der Wahrheit, in welchem Zustand sie auch vor dir steht, wäre es auch in einer tot scheinenden Hülle, mit Ruhe, Geduld und Liebe wartest, bis sie für dich sich zum Leben entfaltet, nur dann wird die Wahrheit, die du suchst, heilige, segnende Wahrheit, nur dann wird sie für dich wirkliche Wahrheit sein.

Rossfliege und Hornisse

Die Rossfliege wollte den Rang vor der Wespe; damit sie ihn bekomme, ging sie zu der Hornisse in Dienst, und leckte dieser den Angel im Leibe, der ihr zu Zeiten weh tut.

*

Es macht mich nichts so sehr lachen, als wenn ich solche Rossfliegen sehe, die sich im Dienste einen höheren Rang zum Nachteil kraftvollerer Männer, die diesen Rang verdient haben, durch Niederträchtigkeit zu erschleichen gewusst. Ich kann nicht verhehlen: die Rossfliege und ihr Verdienst um die Hornisse kommt mir in diesem Falle dann immer in Sinn.

Der Strahl und der Graswurm

Die Menschen klagen so viel über mich, und ich nage doch nur an einem armseligen Blatt, du hingegen verbrennst Häuser und Dörfer. Also sagte der Graswurm zum schrecklichen Strahl.

Kleiner Heuchler! donnerte ihm dieser herunter, du verheerst mit stillem Blätterfressen weit mehr, als ich mit meiner lauten gewaltigen Kraft.

*

Unbemerkte, aber in die Fundamente des häuslichen Wohls des niederen Volkes tief eingreifende Landesübel, von denen du oft jahrelang keinen öffentlichen Laut hörst, wirken gemeiniglich weit verderblicher als einzelne Verheerungen und Schrecknisse, von denen die Jahrbücher aller Länder voll sind.

Der Sturm und die Schneeflocke

Der Sturm brach hier und dort einen Ast von den Bäumen, aber da er nachließ, fiel ohne ein Lüftchen, ein Schnee, dessen kleine Flocken tausend Äste von den Bäumen brachen, gegen einen, den der Sturm abriß. Es ist ein altes Sprichwort: Stille Wasser fressen auch Grund. Darum verachte die klein scheinende Kraft nicht; der Regentropfen, der von der Rinne fällt, durchlöchert den Felsen.

Der grosse Tierkrieg mit seinen Ursachen und Folgen

Die die Erde beherrschenden Löwen versanken einmal, durch Jupiters alles verhängenden Willen, in Blödsinn und setzten, von innerer Unfähigkeit des Herrschens erniedrigt, die ganze Kraft ihrer kranken und exaltierten Herrschergefühle an den Schein der Sache, deren Wesen ihnen die heiligen Götter geraubt hatten.

Vorher zollte täglich ein Rehbock oder ein anderes vollwichtiges Tier seinem Magen den Natur-Zoll seines Geschlechts nach des Löwen wirklichem Bedürfnis.

Jetzt aber sollten alle Rehböcke zusammen und alle Geschlechter der Tiere ihrer zerrütteten Einbildungskraft einen ebenso kränkenden und erniedrigenden als unnützen Augendienst leisten.

Die Blödsinnigen hatten alles Gefühl der Natur verloren. Sie bedurften des Regierens wie hysterische Weiber Nerven stärkender Gerüche. Sie fielen vom Gedanken, es nicht mehr regieren zu können, in Ohnmacht. Also im Innersten widernatürlich gestimmt, wollten sie immer und alles regieren und alle Tiere der Erde glauben machen, daß sie sämtlich unfähig seien, sich selbst zu regieren und nur durch das Wohlgefallen ihres Maulverzerrens, das sie lachen hiessen, Tiere werden könnten, wie sie sein sollen und müssen. Auch fanden sie jetzt keinen Gefallen mehr an irgendeinem Dienst der Tiere, als insoweit er wider ihre Natur war.

Ihre Tiger mussten mit Seife gewaschen vor ihnen erscheinen; ihre Wölfe hatten Hofkleider von Lämmerfellen; ihre Bären trugen Maulkörbe und gingen an Stecken; ihre Adler hatten Pfauenschwänze, ihre Geier zwangen den knorrigen Hals in Schwanengestalt; ihre Schlangen gingen auf Stelzen; ihre Käuze hatten haarlose Köpfe und mussten, ihnen zur Freude, oft am hellen Mittag an der Sonne fliegen; ihre Stiere mussten Bärendienste tun; ihre Kühe wurden für Hunde und ihre Esel für Paraden gebraucht, und den Hunden war vielseitig aufgetragen, was sonst die Löwen selbst verrichteten. Auch der hohe Elefant war, wider seine Natur, zum Blutdurst gereizt; und das reine und edle Geschöpf, das sich, voll

Verachtung von jedem Vieh trennt, an dem ein Blutstropfen hängt, das Pferd, atmete am vollen Haberbarren grimmige Kriegslust.

Aber dadurch, daß sie also einem jeden Tier die Tugend seines Geschlechtes raubten, erhielten diese sämtlich die einzige Eigenschaft, darin sie alle zusammenkommen konnten: Sie wurden alle zu Affen und erhielten, anstatt der verlorenen Tugenden ihrer eigenen Natur, die wesentliche Eigenschaft ihres neuen Geschlechts: die Fehler ihrer Meister zu riechen und mit zitternder Ungeduld zu gelüsten, sich über dieselben zu erheben.

Hieraus entstand in ihren verdorbenen Seelen der widernatürliche Wunsch: »Wir wollen alle miteinander regieren.« Dieser Wunsch liegt sonst gar nicht in den Seelen der Tiere, aber jetzt sprach ihn ein einziger aus, und wie ein Blitz war er in den Seelen von allen.

Allein er erschien in den einen als ein Katzengefühl in Mäuseseelen; in den anderen als ein Hundegefühl in erbitterten Schafen. Hier als ein Schlangengewind im ungebändigten Stiere; dort als ein Tigergelüst in der kälbergebährenden Kuh; und oft als eine Löwenbegierde im wunden, elenden Esel.

Indessen war die Affenmeinung, wir wollen alle miteinander regieren, nichts mehr und nichts weniger als eine Kriegserklärung wider die Meinung des Wahnsinns: Wir wollen wie hysterische Weiber und immer und alles regieren. Auch standen die krautfressenden Tiere plötzlich und allgemein gegen die fleischfressenden im Aufruhr.

Da sie aber sämtlich zu Affen geworden waren, so standen viele Fleischfresser auf der Seite der Krautfresser und viele Krautfresser auf der Seite der Fleischfresser. Schlangen und Füchse stellten sich auf beiden Seiten voran. Der Krieg war erschrecklich. Weit und breit waren alle Wälder und Berge damit erfüllt.

Selbst in Asiens fetten Weiden erschallte der Ruf der vielsiegenden Krauttiere, und was in diesen Gegenden noch nie erhört worden war, geschah jetzt.

Zahllose Affen riefen, auf ihren Bäumen versammelt, allen Tieren und dem Elefanten selbst, der in ihrem Forst Recht und Gerechtigkeit verwaltete, das neue KrautfresserGeschrei zu: »Wir wollen alle

miteinander regieren und zu Felde ziehen wider Tiger und Löwen.«
Der Elefant tat eine Weile, wie wenn er nichts hörte; aber da sich
immer mehr Tiere, oben in den Lüften und unten auf dem Boden,
bei den Affenbäumen versammelten, wollte ihm dieses Geschrei
nicht mehr behagen. Er warf seinen Rüssel gegen die Affenbäume
auf, und sagte: »Ihr elenden Tiere! esst doch ferner eure Nüsse und
Mandeln und sucht in jeder Gefahr mit euren langen Beinen das
Heil über Stauden und Stöcke; aber masst euch nicht an, die Ruhe
meines Forstes zu stören.«

Dann wandte er sich an die anderen Tiere und sagte zu ihnen:
»Ihr steht hier nicht unter wahnsinnigen Löwen. Ich schütze euch
selbst vor dem Unfug dieser wilden Höhlenbewohner; ich ehre in
eurer Natur einem jeden sein Recht und gönne ihm dieses Recht als
seine Freiheit. Was wollt ihr mehr? Wollt ihr unter Füchsen und
Schlangen, gegen Löwen und Tiger zu Felde ziehen? Wisst ihr auch,
was das ist? Ich stosse meinen Zahn dem Löwen in den Rachen; ich
werfe den Tiger mit meinem Rüssel über meinen Rücken; ich bringe
den wildesten Stier unter meinen Fuss; ich drücke den Bären mit
meinem Bauch an die Wand, bis er dünn ist, aber ich habe mein
einziges Kind nicht vor den Stichen der Klapperschlange erretten
können, und ich vermag es nicht, mein liebstes Gefieder vor den
Schleichwegen der Füchse sicherzustellen. Also seht, was ihr tut!
Ich will forthin in meinem Forst Recht und Gerechtigkeit ausüben;
aber hinter Schlangen und Füchsen über die Berge laufen und Löwen und Tiger aufsuchen, die nicht wissen, daß wir in der Welt
sind, das sind Affengelüste, die in keine ElefantenSeele hinein-
kommen können.« Darauf setzte er noch hinzu: »Die Affen sind von
den Göttern verflucht, sie haben eine erschreckliche Krankheit. Es
ist ihnen nie wohl; sie wissen nicht, was sie sind, und nicht, was sie
wollen. Und da ihr hier unter ihnen lebt, so sollte es, ob Jupiter will!
doch nicht so leicht sein, euch selbst zu so armseligen Tieren zu
machen, als dieses in dem schlechteren Weltteil nicht sein mag, wo
man die Affen weniger kennt und sich also weniger scheut, ihnen
zu gleichen.«

Damit schwieg er. Aber das Krautfressergeschrei hatte selbst Asiens feinere Nasen neuerungssüchtig gemacht. Der Elefant sah es,
warf seinen Rüssel noch einmal auf, und schrie schrecklich: »Was ist
das? Alle miteinander regieren? Soll ich euch alle miteinander zer-

treten?« Das entschied jetzt. Die nahen Hunde krochen, die Affen schwiegen, Asiens Tiere gingen auseinander, und der Elefant naschte wieder an seinem Lotus.

Indessen verbanden sich die fleischfressenden Tiere immer enger und allgemeiner zusammen, und die Zahl der krautfressenden, die zu Grunde ging, ward mit jedem Tage grösser und bald unermesslich.

Da erhob sich im grossen Elend dieser Tage ein Kranich und schrie, wie wenn ihn ein Himmlischer stärkte: »Auf! Auf! Ihr Tiere, zum ewigen Frieden!« Der Adler aber, welcher das Aas liebt, schoss über den Kranich und tötete ihn, und die wegen diesem bedenklichen Vogelgeschrei eigentlich versammelten SeifenTiger, TanzBären, LämmerWölfe, nebst feierlichem Zuzuge, StelzenSchlangen und haarlosen Käuze erklärten einmütig das Kranichgeschrei für gefährlich und zur Unzeit angebracht und dekretierten hoheitlich und kirchlich: »Krieg ist der Tiere Natur, und es ist uns wohl im Dienst der streitenden Löwen.« Ferner: bis sich alle Krautfresser zum Ziel gelegt haben würden, dürfe der Gedanke an einen Frieden mit denselben so wenig als derjenige an ein den Löwen genierendes Tierrecht in den Krauttieren weder erzeugt noch erhalten werden; es sei vielmehr an dem, daß das zweideutige Gefühl für Wahrheit und Recht, welches etwa besorglich in den Seelen der Kühe, Esel und Schafe rege gemacht worden, selbst mit aller Kunst auf das sorgfältigste und väterlichste erstickt und, wo es nicht anders möglich, auch mit dem grössten Ernst herausgepeitscht und herausgemetzelt werden müsse.

Auch liess sich der Apostel der Tiere an dem Faden, an den sich dergleichen Apostel alle anbinden lassen, dahinbringen, alles Unglück dieses Tierkrieges ausschliessend den Krautfressergeschlechtern zuzuschreiben und die Lehre des Kranichs, ob sie gleich die alte orthodoxe Lehre seiner heiligen Bücher ist, dennoch in den Bann zu tun: 1. weil selbige von dem unverschämten Vogel nicht in der vorgeschriebenen mystischen Form stilisiert; 2. weil sie auf einmal gar zu vielen Schafen, Eseln und Kühen zu Ohren gekommen sei; 3. endlich aber und vorzüglich, weil der offenbar ungläubige Elefant und das heterodoxe Pferd ihr öffentlich ihren Beifall bezeugt haben.

Von dieser Zeit an werden alle Kraniche von den Adlern und Geiern verfolgt; der ungläubige Elefant und das zweifelnde Pferd sind den Füchsen und Schlangen zum getreuen Aufsehen empfohlen; gegen die hartnäckigen Esel wird die Schärfe der Rute gebraucht; die neuerungssüchtigen, aber furchtsamen Affen werden mit ihr bedroht, und die Priester der Tiere lehren die Kinder der Kühe und Schafe, selbst auch die armen Hasen und die schuldlosen Rehe, mit einer beispiellosen Anstrengung, der Krieg sei ihre Natur, der Löwendienst, wie er ist, ihre unbedingte Pflicht, und die Lehre der Kraniche, so wie sie von den Kühen, Eseln und Schafen verstanden werde, allerhöchst verdammlich, sowie das freche Reden über den Wahnsinn der Löwen eine todeswürdige Sünde. Den sämtlichen Kauzenstühlen wurde beförderlich und dringend aufgetragen, von den LöwenSünden und LöwenSchanden immer nur mit grosser Vorsicht und mit gehörigem Respekt zu reden und besonders dem irrigen Wahn, daß selbige so vielen Einfluss auf das Wohl und Weh der übrigen Tiere haben, mit allem Eifer und mit aller Sorgfalt entgegenzuwirken, auch alles nur mögliche zu tun, um unter den Stieren, Kühen und Eseln die beruhigende Überzeugung zu verbreiten, daß sie unter allen Umständen an ihrem Verderben einzig und allein selbst Schuld seien.

*

Ich füge dieser Rubrik, ungeachtet alles dessen, was ich schon bei mehreren Nummern dieses Buches gesagt habe, nochmal hinzu: Sie ist schon vor mehr als zwanzig Jahren in meiner Vaterstadt, mit Bewilligung ihrer Zensur, gedruckt worden. Ihr Zweck ist offenbar auf mein Vaterland beschränkt und warnend gegen alle Teilnahme an den Volksbewegungen des damaligen Zeitpunkts gerichtet. Der Erfolg des grossen Weltbegegnisses entsprach meiner diesfälligen Ansicht auf eine auffallende Weise. Ich musste indessen in diesem Zeitpunkt mich beschränken, den Gegenstand, der mein Herz bewegte, bloss bildlich zu behandeln, und weiss gar wohl, daß jeder bloss bildlich dargelegte Gegenstand das Gepräge seiner Einseitigkeit in sich selbst trägt, und ob ich gleich nicht fürchten darf, daß das, was ich in diesem Zeitpunkt und in dieser Beschränkung für mein Vaterland gesagt habe, missverstanden und als Anspielungen auf Begegnisse, die ganz ausser meinem Kreise liegen, angedeutet werden könnte, so glaube ich gleichwohl, es sei, wo nicht notwendig, doch dienlich, meine ersten, wahren und inneren Ansichten über den Gegenstand, der dieser bildlichen Darstellung zum Grunde liegt, mit einiger Bestimmtheit auszusprechen. Das Menschenrecht, d.i. die Pflicht der Anerkennung des Übergewichts der göttlich gegebenen, hohen und heiligen Ansprüche der inneren Menschennatur über die niederen Ansprüche der Selbstsucht unseres sinnlichen, tierischen Verderbens, ist an sich selbst unstreitig ein heiliges, göttliches Recht, und seine ehrfurchtsvolle Anerkennung in den menschlichen Organisationen des gesellschaftlichen Zustands und besonders in den christlich zu organisierenden Gemeinheiten dieses Zustands ist ohne allen Widerspruch die Pflicht aller Individuen in allen Ständen desselben. Es geht aus der Natur dieses Rechts selber hervor, daß, wenn es durch eine im Staat gesetzlich autorisiert bestehende Macht mit physischer Gewalt auch noch so sehr verletzt würde, die Entgegensetzung einer anderen, physischen Gewalt nicht als ein gesetzlich rechtmässiges Mittel gegen das Unrecht der herrschenden Gewalt angesehen werden darf. Dieses Entgegensetzen führt in jedem Fall das innere, heilige Wesen aller wahren Segnungen des gesellschaftlichen Zustands in seinen ewigen, unveränderlichen Fundamenten seinem unausweichlichen Verderben entgegen. Nein, das Menschenrecht darf nicht tierisch gesucht, es kann und darf nicht tierisch erhalten, es kann und darf nicht tierisch mediziniert, es muss in allen Verhältnissen menschlich gesucht und menschlich erhalten und auch, wenn es verletzt ist, mit Mitteln der Weisheit und Liebe, die aus reinem Herzen hervorgehen, wieder hergestellt werden.

Wenn die gesetzliche Macht, von menschlichem Irrtum verleitet, sich selbst und dem Volk Unrecht tut, so kann der dadurch gefährdete und verletzte Segen des gesellschaftlichen Zustands nur durch Mittel wiederhergestellt werden, die an sich geeignet sind, das innere, reine Wesen des gesellschaftlichen Segens, beides: in den Herzen des unrechtleidenden Volkes und in denjenigen der irrenden Mächtigen, mit innerer, göttlicher Kraft zu beleben und zu stärken und dadurch die reinen, ewigen Fundamente eines wahrhaft gesellschaftlichen Rechtszustands, so sehr er auch durch den Irrtum und die Schwächen der Macht verletzt worden wäre, durch erneuerte Belebung dieser Fundamente wiederherzustellen und einen Zustand der Dinge herbeizuführen, in welchem die Übel der Gegenwart in jedem Falle gemildert und die Bahn zu diesem besseren, segensvolleren Zustand mit der möglichsten Sorgfalt geöffnet werden kann. In der physischen Masse des Volkes und noch weniger in einer ungesetzlichen Bewegung dieser Masse liegt durchaus keine Hilfe gegen das Unrechtleiden desselben und weder ein göttlich geheiligtes noch ein menschlich rechtlich begründetes Mittel zur Erzielung der reinen Segnungen des gesellschaftlichen Zustands und noch weniger zur Wiederherstellung derselben, wenn sie in einem hohen Grad gefährdet würden; aber in der Individualkraft veredelter, weiser und frommer Menschen aus allen Ständen liegt eine von Gott gesegnete und menschlich rechtlich begründete, allmächtige Kraft gegen das Unrecht menschlicher Herrscher und herrschender Behörden. Ich sage nichts mehr; es ist hier nicht der Ort, diese Ansicht auszuführen; aber auch heute Feind und Verächter des tierischen Volkskrieges, suche ich, wie damals, da ich die Rubrik dieses Tierkrieges in meinem Vaterland und für daßelbe schrieb, nichts anderes, als die Förderung der sittlichen, geistigen und physischen Segenskräfte des Volkes in allen Ständen als das wesentliche Fundament alles wahren, wirklichen Nationalsegens und aller, von Gott geheiligten wahren Nationalkräfte in die Augen fallen zu machen und auf der reinen Bahn der wahrhaft rechtlichen Menschlichkeit und des hohen Christentums dahin zu wirken, jeden Keim einer selbstsüchtigen Neigung zum Missbrauch der Gewalt und zur Unterdrückung der Schwachen im Lande, der in den Menschlichkeiten der Macht liegen möchte, so wie jeden Keim der Frechheit und Gewalttätigkeit, der aus der Verwilderung der verwahrlosten Menge hervorgehen könnte, im Wachstum seines gegenseitigen Verderbens durch reine Belebung der diesem Verderben entgegenstehenden höheren, heiligen Kräfte, Neigungen und Ansichten stillzustellen und in sich selbst zu ersticken. Und indem ich die den guten und edlen Menschen aller Zeiten heiligen Worte der Freiheit und des Rechts durch mein ganzes Leben mit Anhänglichkeit aussprach und bis an mein Grab anhänglich aussprechen werde, erkenne ich die Fundamente alles wahren Volksrechts und aller wahren Volksfreiheit einzig in der Sicherstellung der sittlichen, geistigen und häuslichen Kräfte, in der bürgerlichen Sicherstellung ihrer Bildungsmittel, deren edle und genugtuende Ausbildung jedes Individuum in allen Ständen notwendig hat, um unter seinem

Weinstock und Feigenbaum, so weit es Menschen möglich ist, sicher zu ruhen, d.h. in sittlicher, geistiger und häuslicher Selbständigkeit sein zeitliches und ewiges Wohl im Schoss seiner Familie, von keiner bösen Gewalt unrechtlich gehemmt, verwirrt und gekränkt, zu besorgen; und bin zugleich vollkommen überzeugt, daß dieses alles nur durch einen grossen, soliden Vorschritt des Erziehungswesens unserer Zeit erzielt werden kann.

Der Unterschied des Waldlebens und des gesellschaftlichen Zustands

Nerin und Philo, zwei Freunde, besuchten sich alle Jahre an dem nämlichen Tag und an dem nämlichen Ort, an dem sie sich zuerst kennenlernten, um das Band ihrer damals geschlossenen Freundschaft zu erneuern.

Im vierten Jahr hatten sie im Schatten der Bäume, mit welchen dieser Platz bewachsen war, folgendes Gespräch.

Nerin: Bei allem, was ich bisher erfahren, ist mir doch noch nicht heiter, worin der Unterschied zwischen dem Waldleben und dem gesellschaftlichen bürgerlichen Zustand eigentlich bestehe; im Gegenteil, ich sehe täglich mehr, daß der Starke in dem einen Zustand eben wie in dem anderen den Schwachen augenblicklich als Zange und Angel zu seinem Dienst braucht, sobald er etwas im Wasser oder im Feuer sieht, das er lieber mit einer fremden Hand als mit der Seinigen daraus herausnehmen und herausfischen möchte.

Philo: Das ist allgemein so, wenn der Mensch im gesellschaftlichen Zustand nicht zur Erkenntnis einer höheren Wahrheit und eines höheren Rechts gebracht wird, als diejenige ist, die er bei der sinnlich-tierisch befangenen Ansicht dieser Gegenstände schon im Waldleben besitzt.

Nerin: Und was ist denn diese höhere Wahrheit, die der Mensch im gesellschaftlichen Zustand erkennen muss, wenn ihn dieser Zustand wirklich höher heben soll, als er im blossen Waldleben zu gelangen vermag?

Philo: Sie ist nichts anderes als die Erkenntnis, daß der Segen des gesellschaftlichen Zustands, sowohl in seinem Einfluss auf das Privatleben seiner einzelnen Glieder als auf den öffentlichen Zustand des gesellschaftlichen Lebens überhaupt, nicht aus dem Fleisch und Blut unserer sinnlichtierischen Natur, sondern aus dem Geist und Leben des inneren, göttlichen Wesens unserer Menschlichkeit selber hervorgeht.

Nerin: Aber kann die Erkenntnis dieser Wahrheit aus dem Dichten und Trachten des gesellschaftlichen Zustands als solchem hervorgehen?

Philo: Nein, die reine Ansicht einer solchen höheren Wahrheit und eines solchen höheren Rechts kann nicht aus der Natur des gesellschaftlichen Zustands als solchem hervorgehen, wohl aber kann der gesellschaftliche Zustand durch die Belebung des inneren, göttlichen Wesens der Menschennatur in den Individuen der Gesellschaft durch Reinigung und Heiligung ihrer selbst in allen Ständen mit den Ansprüchen einer solchen höheren Wahrheit und eines solchen höheren Rechts in Übereinstimmung gebracht werden. Dieses aber kann nur dadurch und nur insoweit geschehen, als die einzelnen Glieder des gesellschaftlichen Zustands in allen Ständen sich über die Selbstsucht ihrer sinnlichen Natur und ihrer Ansprüche erheben.

Nerin: Das ist richtig. Das reine Wesen aller wahren Fundamente des Menschensegens, die Menschlichkeit selber, geht durchaus nicht aus Gefühlen, Ansichten, Neigungen, die dem kollektiven Zustand unseres Geschlechts als solchem eigen sind, sondern einzig und allein aus Gefühlen, Ansichten und Neigungen hervor, die die individuelle Veredlung unseres Geschlechts und ihr festes Emporstehen über die Neigungen unserer sinnlichen tierischen Natur anspricht und sich eigen macht.

Das ist aber durchaus nicht die Sache des gesellschaftlichen Zustands; der Trieb dazu geht durchaus nicht aus der Natur dieses Zustands hervor und wird ebensowenig durch die Formen und Gestaltungen desselben in der Reinheit seines inneren Wesens belebt. Wir können uns nicht verhehlen: Das Streben, die Gefühle, Gesinnungen und Fertigkeiten, die der Individualveredlung unseres Geschlechts eigen sind, psychologisch so rein und tief zu begründen, als es notwendig wäre, wenn sie vom gesellschaftlichen Zustand selber als das oberste Gesetz seiner Vereinigung erkannt werden müsste, liegt durchaus nicht in dem Wesen des gesellschaftlichen Zustands. Es kann aber auch nicht darin liegen. Es ist im Gegenteil wahr: Sowohl die wesentliche Natur des gesellschaftlichen Zustands als seine Formen und Gestaltungen wirken im Gefolge des Übergewichts ihrer kollektiven Ansicht und Behandlung des Menschengeschlechts den wesentlichen Ansprüchen der Individualveredlung desselben mit grossen Sinnlichkeitsreizungen entgegen und entfalten, nähren und beleben in der Menge des Volkes, in allen Ständen beinahe unwiderstehliche Neigungen, Gesinnungen, Ansprüche und Angewöhnungen, die den wesentlichen Bedürfnissen seiner Veredelung, das ist, des progressiven Wachstums der geistigen, sittlichen, häuslichen und bürgerlichen Kräfte, die der Menschlichkeit und allen ihren Segnungen zugrunde liegen und aus ihr hervorgehen, entgegen.

Es ist unwidersprechlich; es mangeln der Massenkultur unseres Geschlechts und der einzig möglichen Massenbehandlung desselben wesentliche Fundamente, deren festes, gesichertes Dasein die Individualkultur desselben wesentlich anspricht und ansprechen muss. - Noch mehr, sie, die Massenkultur unseres Geschlechts, ruht als solche wesentlich auf Fundamenten, die den Ansprüchen unserer Individualkultur unwidersprechlich entgegenstehen. Die Massenkultur, und mit ihr die wesentlichen Formen und Gestaltungen des gesellschaftlichen Zustands gehen unwidersprechlich überwiegend von den Ansprüchen unseres Fleisches und unseres Blutes aus. Die Individualkultur und die wesentlichen Bedürfnisse unserer sittlichen und geistigen Veredelung sowie unseres häuslichen Lebens und Wohlstands gehen überwiegend von den Ansprüchen unseres inneren, höheren und göttlichen Wesens aus.

Philo: Wenn man diese Ansicht tiefer in ihrem psychologischen Zusammenhang mit dem Wesen der Menschennatur auffasst, so erklärt es sich dann auch ganz heiter, warum der gesellschaftliche Zustand in unserer Mitte so vielseitig nur als eine künstliche Umwandlung der ekelhaften, rohen Aussenseite der tierischen Verwilderung im Waldleben, in eine, das Ekelhafte, Rohe dieser Aussenseite mildernde, aber das Innere ihrer Verwilderung fest erhaltende Kunstform dieser Aussenseite erscheint, deren täuschendes Blendwerk sich oft bis zum Schein des ÄsthetischArtigen erhebt und in Gewändern auftritt, die unserer Zeit-Schneider-Kunst nicht bloss bei eitlen Damen, sondern selber bei der stolzesten Armee unseres Weltteils Ehre machen könnten. So weit indessen die Kunst dieser Umwandlung der tierischen Rohheit des Waldlebens in gefällige Formen des Zivilisationsverderbens getrieben ist; so ist unstreitig, daß ohne Erkenntnis der höheren Wahrheit, die aus den Tiefen des inneren Wesens der Menschlichkeit selber hervorgeht, nicht einmal der einzelne Mensch, will geschweigen, die Masse des gesellschaftlichen Zustands sich über die selbstsüchtigen Gefühle, Ansichten und Neigungen der sinnlichen, tierischen Menschennatur und die ihr wesentlich beiwohnende Unrechtlichkeit, Lieblosigkeit und Unedelmut zu den Gesinnungen der wahren Menschlichkeit zu erheben vermag. Der tierische Sinn unseres Geschlechts kennt das Wesentliche der Menschlichkeit und seiner, aus dem inneren, göttlichen Wesen hervorgehenden Ansprüche nicht. Er kann sie nicht erkennen. Die Anerkennung ihres reinen, heiligen, selbstsuchtlosen Wesens ist keine Folge der Erfahrungen äusserer Dinge, sie ist keine Folge der Erfahrungen von Welterscheinungen in ihrer äusseren Gestalt; sie ist eine Erfahrung meiner selbst in mir selbst und der Kraft meiner selbst über mich selbst und über mein sinnliches, tierisches Wesen. Aber der gesellschaftliche Zustand, der in seinem Wesen nicht aus den inneren Individualerfahrungen meiner selbst in mir selbst, sondern aus den Erfahrungen äusserer Dinge und äusserer Verhältnisse und ihres Eindrucks auf mich ausgeht, lenkt in allen Ständen an sich selbst durchaus nicht zur Entfaltung, Nahrung und Belebung der Erfahrungen meiner selbst in mir selbst, sondern vielmehr zur Belebung und Entfaltung von Erfahrungen äusserer Welterscheinungen, die aus der Selbstsucht unserer tierischen Natur hervorgehen.

Nerin staunte. Diese Ansicht schien ihm im ganzen Umfang gleich wichtig und heiter, und Philo fuhr fort: Alle sich auf ihren äusseren, sinnlichen Erfahrungskreis einschränkenden Menschen kommen deswegen auch allgemein dahin, den Zweck des gesellschaftlichen Zustands in allen Ständen auf die Ausdehnung, Sicherstellung, und Beruhigung sich angewöhnter Sinnlichkeitsgeniessungen einzuschränken; sie untergraben aber in sich selbst dadurch die Kraft unserer wirklichen Menschlichkeit.

Aus dieser Ansicht erhellt denn auch ganz klar, warum besonders in Tagen, in denen die sinnliche Selbstsucht aller Stände durch ihre gesteigerte Kunst, wo nicht so gewalttätig, doch gewiss so gierig und zaumlos ist, als sie beinahe je gewesen, so viele Menschen in den verschiedenen Ständen im gesellschaftlichen Zustand gegenseitig so leidenschaftliche Ansprüche an Menschlichkeit gegeneinander machen und sich hinwieder ebenso leidenschaftlich über die

Verletzung der Menschlichkeit gegenseitig anklagen. Und hinwieder erhellt aus eben dieser Ansicht, wie leicht in unseren Tagen eine Menge Leute dahin kommen, sich vollkommen überzeugt zu halten, der Mensch könne im gesellschaftlichen Zustand gar nicht durch die Überzeugung des Rechts, er müsse unwidersprechlich nur durch Täuschung, Gewalt, Schrecken und Zerstreuung dahin gebracht werden, zu tun, was das oft nichtige und irrende Blendwerk äusserer Verhältnisse unabhängig von den inneren Ansprüchen seiner Natur, selber mit Erdrükkung und Verkrüppelung der Kraftanlagen, die die göttliche Vorsehung zur Begründung seiner sittlichen, geistigen und häuslichen Selbständigkeit in ihn gelegt hat, von ihm fordert.

Die beiden Freunde fragten sich noch, ehe sie auseinandergingen, durch was für Mittel dem Vorschritt des Zivilisationsverderbens, das in unseren Tagen durch die zügellose Selbstsucht unserer Zeit so allgemein verheerend auf alle Stände des gesellschaftlichen Zustands einwirkt, Einhalt getan werden könne und fanden einstimmig, dieses könne nur durch Mittel geschehen, die geeignet seien, die sittlichen, geistigen und häuslichen Segenskräfte der Menschennatur in den Individuen unseres Geschlechts in der Tiefe unseres inneren Wesens zu erneuern, um ihnen dadurch ein Übergewicht über das gesellschaftliche Verderben, das die Quellen des Menschensegens nach allen Richtungen untergräbt, zu verschaffen. Sie fanden, das einzige Heilmittel unserer Tage bestehe in der sorgfältigsten Beförderung der Bildungsmittel der einzelnen Segenskräfte, die in allen Ständen des Landes wirklich da sind und vorliegen und deren erweiterten und geheiligten Spielraum, ich möchte sagen, die Not der Zeit so wesentlich fordert. Sie fanden ihn wesentlich in der Erhöhung der Wohnstubenkräfte des Volkes in allen Ständen und sahen die Möglichkeit dieser Erhöhung nur in der Vereinfachung der Entfaltungs- und Bildungsmittel dieser Kräfte sowie hinwieder in der Vereinfachung ihrer Anwendungsmittel, welches beides aber nur durch eine merkliche Rücktretung unserer Stände zu der kraftvolleren und bedürfnisloseren Einfalt unserer Väter möglich gemacht werden könne, indem dadurch allein die Mehrzahl unserer abhänglichen, dienstbedürftigen und gnadensuchenden Landeseinwohner gemindert und die Zahl der kraftvollen, unabhängenden Mitbürger in allen Ständen vermehrt und so eine neue Basis einer solideren Selbständigkeit derselben in unserer Mitte gelegt werden könne. Mit einem Wort, sie glaubten, die Übel unserer Zeit zu mindern, müsse man jeden Keim des Edlen, Guten und Schönen, wenn es auch nur noch ein halbes Leben zeigen sollte, mit edler Schonung warten und pflegen und besonders grossen Landesübeln mehr bei ihren Quellen Einhalt zu tun suchen, als bei ihrem Ausfluss mit grossem Geräusch eine überflüssige und nichtshelfende Mühe zur Schau tragen. Auch dieses meinten sie, man müsse vor der Wahrheit und vor dem Recht, wenn sie etwa in grossherzigen Erscheinungen in unserer Mitte hervortreten würden, zum voraus den Hut abziehen, und auch, wenn sie sich in schwacher, ohnmächtiger Gestalt, ich möchte sagen, im Bettelkleid, zeigen würden, ihnen nicht, wie asiatische Tiermenschen ihren Leibeigenen, ins Gesicht speien.

Ihr letztes grosses Wort war dieses: Die Veredelung des häuslichen Lebens in allen Ständen und die Errichtung von Landesschulen, die das Beten, das Denken und das Arbeiten mit psychologischer Tiefe und in Übereinstimmung eines in allen Ständen mit den Bedürfnissen veredelten Hauswesens zu befördern geeignet seien, sei der einzige wahre Anfangspunkt echter und allgemeiner Hilfsmittel gegen die millionenfach ungleichen Erscheinungen des inneren Wesens unseres Zeitverderbens, über welches die Welt in allen Ständen allgemein, schon seit so langem, ein so lautes Klagegeschrei erhebt, indessen aber nur wenige dieser Klagenden grosse Lust und grosse Gewandtheit zeigen, etwas tiefer in den Kessel hineinzugucken, in dem sich das innere Wesen dieses Verderbens siedend kocht und täglich mehr in unserer Mitte emporsprudelt.

Die Welle und das Ufer

Das Ufer sagte zur Welle: warum beschädigst du mich? Die Welle antwortete: Die Gewalt meines Stroms wirft mich zu meinem eigenen Verderben an dich hin.

*

Alle menschliche Kraft, die ohne ihr Wissen und wider ihren Willen der Schwäche, dem Irrtum und der Gewalttätigkeit irgendeiner anderen menschlichen Kraft als totes Werkzeug und Mittel dient, ist dieser Welle gleich, und kann gegen jedermann, den sie schädigt, mit Recht die gleiche Entschuldigung anbringen.

Das hohe Roß und der Zwerg

Ein Zwerg wollte hoch scheinen; dafür setzte er sich auf das höchste Roß, das im Lande war. Ein Bauer, der ihn antraf, glaubte, es sitze ein Kind auf diesem Roß, und sagte zu ihm: du hast gewiß keinen Vater daheim, daß man dich auf das höchste Roß setzt. Komm! ich will dir hinunter helfen; du könntest sonst zu Tode fallen.

Man denke sich jetzt die Augen des Zwergs, aber auch das Lachen des Bauers, da er sah und erkannte, wen er vor sich hatte.

*

Ich mag keinen Zusatz zu dieser Stelle machen.

Der Zyklopen-Schutz

In der Zyklopen-Zeit dachte ein Schwächling: Ich will mich seinem Schutz anbefehlen, er tut mir dann nichts.

Das ist wohlgetan, sagte der Zyklop; nimm jetzt nur diesen Faden in die Hand, und ich will dich daran leiten, wo du links oder rechts gehen musst.

Dieses Mitgehen mit dem einäugigen Grossen erschreckte den Schwächling; er zitterte am ganzen Leib; doch er nahm den Faden in die Hand, aber schon morgens sagte der Zyklop: Dieser Faden könnte brechen, und bot ihm dafür eine Schnur in die Hand.

Wenige Tage darauf sagte ihm der Riese: Der Faden und die Schnur waren nur für die Probezeit, für die Zukunft musst du dieses Schutzseil in die Hand nehmen, und mir schwören, daßelbe weder bei Tage noch bei Nacht aus den Händen fallen zu lassen.

Totenblass schwor jetzt der Mensch, was nicht möglich war, zu halten. Das Seil fiel ihm bald aus den Händen, und er eilte nur nicht, es von dem Boden, auf den es hinfiel, aufzuheben.

Darüber zürnte der Wüterich und sagte: Das ist Untreue und Meineid, dem muss man vorbeugen. Mit dem knüttelte er ihm das Schutzseil um beide Hände. Also gebunden seufzte der Mann: Selig sind die, die er ohne Schutz frisst, und nagte dann einmal eine Nacht durch mit den Zähnen an diesem Schutzseil, und wollte es durchfressen, aber das Ungeheuer erwachte, ehe er los war, und band ihm jetzt das gefürchtete Seil um den kitzligen Hals mit ernster Bedrohung des schrecklichen Zuknüpfens beim ersten Fehler wider den heiligen Schutz.

Über tredition

Eigenes Buch veröffentlichen

tredition wurde 2006 in Hamburg gegründet und hat seither mehrere tausend Buchtitel veröffentlicht. Autoren veröffentlichen in wenigen leichten Schritten gedruckte Bücher, e-Books und audio-Books. tredition hat das Ziel, die beste und fairste Veröffentlichungsmöglichkeit für Autoren zu bieten.

tredition wurde mit der Erkenntnis gegründet, dass nur etwa jedes 200. bei Verlagen eingereichte Manuskript veröffentlicht wird. Dabei hat jedes Buch seinen Markt, also seine Leser. tredition sorgt dafür, dass für jedes Buch die Leserschaft auch erreicht wird.

Im einzigartigen Literatur-Netzwerk von tredition bieten zahlreiche Literatur-Partner (das sind Lektoren, Übersetzer, Hörbuchsprecher und Illustratoren) ihre Dienstleistung an, um Manuskripte zu verbessern oder die Vielfalt zu erhöhen. Autoren vereinbaren direkt mit den Literatur-Partnern die Konditionen ihrer Zusammenarbeit und partizipieren gemeinsam am Erfolg des Buches.

Das gesamte Verlagsprogramm von tredition ist bei allen stationären Buchhandlungen und Online-Buchhändlern wie z. B. Amazon erhältlich. e-Books stehen bei den führenden Online-Portalen (z. B. iBookstore von Apple oder Kindle von Amazon) zum Verkauf.

Einfach leicht ein Buch veröffentlichen: **www.tredition.de**

Eigene Buchreihe oder eigenen Verlag gründen

Seit 2009 bietet tredition sein Verlagskonzept auch als sogenanntes "White-Label" an. Das bedeutet, dass andere Unternehmen, Institutionen und Personen risikofrei und unkompliziert selbst zum Herausgeber von Büchern und Buchreihen unter eigener Marke werden können. tredition übernimmt dabei das komplette Herstellungs- und Distributionsrisiko.

Zahlreiche Zeitschriften-, Zeitungs- und Buchverlage, Universitäten, Forschungseinrichtungen u.v.m. nutzen diese Dienstleistung von tredition, um unter eigener Marke ohne Risiko Bücher zu verlegen.

Alle Informationen im Internet: **www.tredition.de/fuer-verlage**

tredition wurde mit mehreren Innovationspreisen ausgezeichnet, u. a. mit dem Webfuture Award und dem Innovationspreis der Buch Digitale.

tredition ist Mitglied im Börsenverein des Deutschen Buchhandels.

Dieses Werk elektronisch lesen

Dieses Werk ist Teil der Gutenberg-DE Edition DVD. Diese enthält das komplette Archiv des Projekt Gutenberg-DE. Die DVD ist im Internet erhältlich auf **http://gutenbergshop.abc.de**

FSC
www.fsc.org
MIX
Papier | Fördert
gute Waldnutzung
FSC® C083411

Zeitfracht Medien GmbH
Ferdinand-Jühlke-Straße 7
99095 Erfurt, Deutschland
produktsicherheit@kolibri360.de